Disney

VAIANA 2

cliper

Papel certificado por el Forest Stewardship Council®

MIXTO
Papel | Apoyando la silvicultura responsable
FSC® C117695

Penguin Random House Grupo Editorial

Primera edición: octubre de 2024

Printed in Spain – Impreso en España

ISBN: 978-84-19487-24-7
Depósito legal: B-12739-2024

Diseño y maquetación: MYR Servicios Editoriales, S.L.

Impreso en INDICE, S.L.
(Barcelona)

DS 8 7 2 4 7

Colección *Ya leo solo*

***Ya leo solo* es una colección de libros especialmente concebida para lectores a partir de 5 años. Está pensada para fomentar la lectura autónoma en la que a esa edad se inician los niños y niñas.**

En la colección se incluyen historias de los personajes más conocidos de Disney para que los niños los reconozcan y simpaticen con ellos rápidamente: Elsa, el Rey León, Rayo McQueen o Mickey y Minnie harán que los niños aprendan y pasen ratos muy entretenidos. Junto a los protagonistas de sus películas favoritas, los pequeños aprenderán **valores** como: la amistad, la solidaridad, la superación de dificultades y la autonomía personal.

Cada historia está escrita con frases breves, vocabulario sencillo y en una doble tipografía: **letra ligada** y **letra mayúscula** que son las dos tipografías con las que los niños y niñas aprenden a leer en el colegio.

Cada página incluye frases de fácil comprensión, y se apoya el texto con grandes ilustraciones de página completa para acompañar y hacer más amena la lectura.

Cada libro de la colección tiene 32 páginas. Después de la historia se incluyen páginas con **actividades lúdicas** sobre comprensión lectora, adquisición de vocabulario, identificación de imágenes, grafomotricidad o conceptos matemáticos sencillos.

Con esta colección se pretende:

- **Despertar el interés por la lectura autónoma.**
- **Desarrollar la creatividad.**
- **Enseñar progresivamente pautas elementales de convivencia.**

Algunas de las competencias que se desarrollarán son:

- **Competencia para aprender a aprender:** mediante la adquisición de procesos básicos como son la agudeza visual y la capacidad de abstracción.
- **Competencia en comunicación lingüística:** al comprender el relato, memorizando datos de este y adquiriendo un vocabulario adecuado.
- **Competencia cultural y artística:** al disfrutar de la estética plástica de las imágenes de los libros.

Vaiana vuelve a casa tras su viaje de exploración. Vive en una isla en medio del océano y está convencida de que hay otras islas habitadas, como la suya. Su deseo es encontrarlas.

VAIANA VUELVE A CASA TRAS SU VIAJE DE EXPLORACIÓN. VIVE EN UNA ISLA EN MEDIO DEL OCÉANO Y ESTÁ CONVENCIDA DE QUE HAY OTRAS ISLAS HABITADAS, COMO LA SUYA. SU DESEO ES ENCONTRARLAS.

Su hermanita Simea y sus padres la reciben en la playa. Vaiana ha traído una vasija que ha encontrado en una isla desierta. Eso prueba que hay gente más allá de Motunui.

SU HERMANITA SIMEA Y SUS PADRES LA RECIBEN EN LA PLAYA. VAIANA HA TRAÍDO UNA VASIJA QUE HA ENCONTRADO EN UNA ISLA DESIERTA. ESO PRUEBA QUE HAY GENTE MÁS ALLÁ DE MOTUNUI.

Esa noche le sucede algo extraño. De pronto se ve junto al legendario navegante Tautai Vasa, su antepasado. Él le dice que debe ir a Motufetū y conectar a los pueblos del océano.

ESA NOCHE LE SUCEDE ALGO EXTRAÑO. DE PRONTO SE VE JUNTO AL LEGENDARIO NAVEGANTE TAUTAI VASA, SU ANTEPASADO. ÉL LE DICE QUE DEBE IR A MOTUFETŪ Y CONECTAR A LOS PUEBLOS DEL OCÉANO.

Moni conoce la historia. Motufetū era una isla a donde iban a parar unos canales por los que navegaban las gentes del mar. Un dios celoso la ocultó para aislar a los humanos.

MONI CONOCE LA HISTORIA. MOTUFETŪ ERA UNA ISLA A DONDE IBAN A PARAR UNOS CANALES POR LOS QUE NAVEGABAN LAS GENTES DEL MAR. UN DIOS CELOSO LA OCULTÓ PARA AISLAR A LOS HUMANOS.

Vaiana zarpa de nuevo, esta vez con tripulación. Va en busca de Motufetū. Sabe que está bajo un grupo de estrellas que nunca ha visto en el cielo, así que tendrá que ir muy lejos.

VAIANA ZARPA DE NUEVO, ESTA VEZ CON TRIPULACIÓN. VA EN BUSCA DE MOTUFETŪ. SABE QUE ESTÁ BAJO UN GRUPO DE ESTRELLAS QUE NUNCA HA VISTO EN EL CIELO, ASÍ QUE TENDRÁ QUE IR MUY LEJOS.

Días después, una corriente
muy fuerte arrastra su balsa
hacia la boca de una gigantesca
y monstruosa almeja. Ella intenta
cambiar de rumbo, pero la balsa acaba dentro.

DÍAS DESPUÉS, UNA CORRIENTE MUY
FUERTE ARRASTRA SU BALSA HACIA LA
BOCA DE UNA GIGANTESCA Y MONSTRUOSA
ALMEJA. ELLA INTENTA CAMBIAR DE RUMBO,
PERO LA BALSA ACABA DENTRO.

Vaiana es capturada por un extraño ser que vive dentro del monstruo. Pero su viejo amigo Maui acude en su ayuda. Juntos escapan a través de un portal que se abre en el suelo.

VAIANA ES CAPTURADA POR UN EXTRAÑO SER QUE VIVE DENTRO DEL MONSTRUO. PERO SU VIEJO AMIGO MAUI ACUDE EN SU AYUDA. JUNTOS ESCAPAN A TRAVÉS DE UN PORTAL QUE SE ABRE EN EL SUELO.

Vaiana y Maui logran reunirse con la tripulación. Maui, que es un semidiós, tiene algo que decirles: el dios celoso hundió Motufetū en el océano. Ningún humano podrá llegar allí.

VAIANA Y MAUI LOGRAN REUNIRSE CON LA TRIPULACIÓN. MAUI, QUE ES UN SEMIDIÓS, TIENE ALGO QUE DECIRLES: EL DIOS CELOSO HUNDIÓ MOTUFETŪ EN EL OCÉANO. NINGÚN HUMANO PODRÁ LLEGAR ALLÍ.

Han de intentarlo. Saben exactamente dónde está, pero una tormenta colosal se desata. Maui se lanza al agua y clava su anzuelo en la isla. Quiere tirar de ella hasta sacarla.

HAN DE INTENTARLO. SABEN EXACTAMENTE DÓNDE ESTÁ, PERO UNA TORMENTA COLOSAL SE DESATA. MAUI SE LANZA AL AGUA Y CLAVA SU ANZUELO EN LA ISLA. QUIERE TIRAR DE ELLA HASTA SACARLA.

Maui tira con todas sus fuerzas, pero el dios celoso lo ataca con sus rayos. Desesperada, Vaiana se zambulle en un último intento por llegar a Motufetū y logra tocar su cima.

MAUI TIRA CON TODAS SUS FUERZAS, PERO EL DIOS CELOSO LO ATACA CON SUS RAYOS. DESESPERADA, VAIANA SE ZAMBULLE EN UN ÚLTIMO INTENTO POR LLEGAR A MOTUFETŪ Y LOGRA TOCAR SU CIMA.

La tormenta amaina y la isla sale a la superficie, para alegría de todos. Desde la cima, Vaiana sopla una caracola y los canales del océano vuelven a aparecer. Es muy emocionante.

LA TORMENTA AMAINA Y LA ISLA SALE A LA SUPERFICIE, PARA ALEGRÍA DE TODOS. DESDE LA CIMA, VAIANA SOPLA UNA CARACOLA Y LOS CANALES DEL OCÉANO VUELVEN A APARECER. ES MUY EMOCIONANTE.

Pronto llegan los primeros barcos y con ellos, otros navegantes de otras islas. Cada uno deposita en Motufetū su símbolo. Vaiana deja la estrella de mar que le dio su hermanita.

PRONTO LLEGAN LOS PRIMEROS BARCOS Y CON ELLOS, OTROS NAVEGANTES DE OTRAS ISLAS. CADA UNO DEPOSITA EN MOTUFETŪ SU SÍMBOLO. VAIANA DEJA LA ESTRELLA DE MAR QUE LE DIO SU HERMANITA.

Vaiana ha logrado reconectar a la gente del mar, como le pidió su antepasado. Como él, es una leyenda y una gran navegante a la que esperan nuevas aventuras en ese inmenso océano.

VAIANA HA LOGRADO RECONECTAR A LA GENTE DEL MAR, COMO LE PIDIÓ SU ANTEPASADO. COMO ÉL, ES UNA LEYENDA Y UNA GRAN NAVEGANTE A LA QUE ESPERAN NUEVAS AVENTURAS EN ESE INMENSO OCÉANO.

ACTIVIDADES

1. Vaiana vuelve de un viaje de exploración ¿Qué ha encontrado en una isla deshabitada?

2. Esa noche ve a Tautai Vasa. ¿Quién es y qué le pide a Vaiana?

3. ¿Cuál es el objetivo del nuevo viaje de Vaiana y su tripulación?

4 ¿Quién es Maui y qué hace para ayudar a Vaiana?

5 Maui y Vaiana intentan sacar la isla del fondo del mar. ¿Qué hace cada uno de ellos?

6 ¿Qué ocurre cuando Vaiana sopla la caracola desde Motufetū?

Ya leo SOLO

Otros títulos de la colección

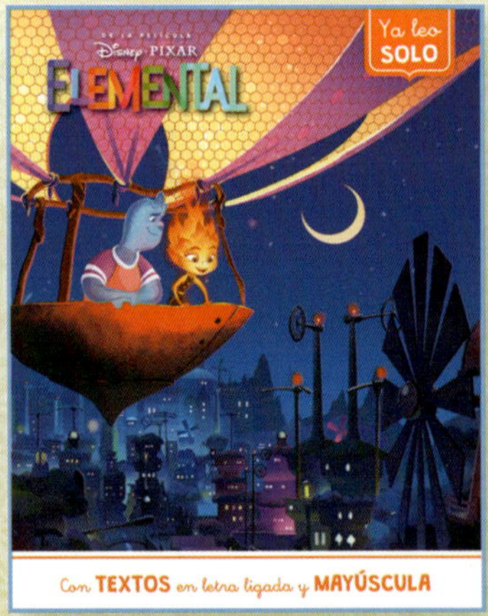